Y. 5492.

.H n.

ODE
ET LETTRES
A MONSIEUR
DE VOLTAIRE.

ODE

ET
LETTRES

A MONSIEUR

DE VOLTAIRE,

EN FAVEUR DE LA FAMILLE

DU GRAND CORNEILLE.

Par Monſieur LE BRUN.

AVEC LA REPONSE

DE M. DE VOLTAIRE.

A GENEVE,

Et ſe trouve à PARIS,

Chez DUCHESNE, rue S. Jacques, au Temple
du Goût.

M. DCC. LX.

LETTRE

DE

M. LE BRUN

A MONSIEUR

DE VOLTAIRE.

JE saisis avec transport, Monsieur, l'occasion de vous écrire & de joindre deux noms qui me sont bien chers, le vôtre & celui de Corneille, en vous engageant à rendre quelque service à la famille de ce grand homme. Puissé-je vous rappeller en même-tems le souvenir d'une amitié dont vous accueillîtes presque mon enfance. . . . .

A iij

Je me dis souvent avec douleur, avec transport, *Virgilium vidi tantùm.* Pourquoi, Monsieur, me fûtes-vous enlevé alors ? Dans quelle nuit profonde, dans quel vaste désert avez-vous laissé notre Littérature ! Car vous m'avouerez que c'est une grande solitude que la foule des sots. Que de chenilles profanent le sacré vallon ! Que de Bufes y font la guerre aux cygnes harmonieux ! Que de serpens y viennent siffler pour en défendre l'abord au génie. . . . .

Le Neveu de Corneille pour qui l'on s'intéresse dans cet Ouvrage, est l'unique & dernier héritier de ce grand Nom. Il mérite de le porter, parce qu'il en connoît tout le prix. Il a réparé par la noblesse de ses sentimens l'éducation qu'il n'a pu recevoir. On sçait qu'au tems de la succession de M. de Fontenelle il lui fut offert une somme d'argent pour se désister de ses droits & même de son nom. M. Corneille, quoique pauvre & sans ressource, la refusa sans balancer, refus sublime dans les crises de la misère. Il répondit encore, quand on le menaça de perdre son procès, qu'au moins il gagneroit le nom de Corneille. L'éclat qui suit une indigence soutenue avec tant de dignité, & l'intérêt que M. de Voltaire & tous les vrais Citoyens prennent au descendant d'un Grand Homme vont faire bien rougir ceux qui ne respectant pas l'infortune d'un Corneille, en ont triomphé honteusement, & ne lui présentoient qu'un visage d'airain.

Le Dédain que j'ai pour cette populace d'Auteurs mauvais ou médiocres, mon goût inflexible pour les seuls grands modéles, ma vénération pour tout ce qui porte l'empreinte du génie, me rapprochent naturellement de vous, Monsieur; & fans l'intervalle qui nous fépare, & fans les liens qui m'attachent à la perfonne d'un grand Prince, c'eft auprès de vous que j'irois puifer cette critique généreufe, que l'amour des arts éclaire, que n'empoifonne jamais l'Envie, telle enfin que Racine l'exigeoit de Boileau. J'irois puifer à leur fource ces fentimens de bienfaifance qui m'engagent eux-mêmes à les réclamer pour la famille de Corneille.

C'eft au génie fans doute à protéger une Race illuftrée par le génie. A ce titre je ne vois que Monfieur de Voltaire en Europe de qui un homme du nom de Corneille puiffe, fans s'avilir, attendre les bienfaits : ces éloges que vous avez tant de fois prodigués à sa mémoire, & que la Patrie entiere lui doit, me répondent de ce que vous ferez pour un de ses neveux. L'idée que m'inspire ce nom divin est si haute, que selon moi il n'y a point même de Rois qui ne s'honorassent beaucoup de prodiguer des secours en sa faveur. Vous seul, Monsieur, agirez en égal avec ce grand homme.

Eh! quel autre que vous a toujours fait éclater une ivresse plus noble & de plus vifs transports d'admiration pour tout ce qui porte le sceau du génie? La gloire est votre élément. Qu'il est flatteur pour vous de joindre à cette sublimité de l'esprit la tendre bienfaisance d'un cœur qui s'épanche dans tous vos ouvrages, & qui vous a rendu le peintre de l'Humanité.

Voilà, Monsieur, s'il étoit possible d'être au-dessus de Corneille même & de Racine, voilà ce qui donneroit le premier rang à vos Ouvrages, parce qu'ils inspi-

rent aux hommes un fentiment plus-utile
à la fociété que ceux d'une ftérile admiration. Voilà ce qui m'a fait naître le défir
de rendre à Corneille un hommage qui
retombe fur vous-même.

Le Public va juger, en voyant cette
Ode imprimée, que vous feul étiez digne
en effet de fecourir le defcendant d'un
grand homme, dont vous êtes devenu le
rival; combien votre cœur doit s'applau-
dir de la certitude qu'on a de vos bienfaits, & d'en avoir fait fentir le charme
à tous ceux qui vous ont lû. Votre ftyle
devient fi affectueux, fi enchanteur quand
cet objet l'anime, qu'il eft aifé de voir
combien votre ame refpire les fentimens
que vous tracez.

Laiffez, laiffez à vos ennemis l'horri-
ble fatisfaction de calomnier votre cœur,
& de croire que votre plume écrivoit fans
fon aveu. Ceux qui vraiment éclairés fça-
vent que jamais l'efprit n'enfante rience

fublime s'il n'eft infpiré par le cœur, vous rendent, comme moi, la juſtice la plus entiere & la plus méritée. Les droits d'une Corneille à vos bienfaits font inconteſtables, les voici : ſes malheurs, ſon nom & le vôtre.

Je ſuis, &c.

ODE

A MONSIEUR

DE VOLTAIRE.

Fama manet facti. . . . . .

AH ! ce n'eſt point des Rois l'orgueilleux
    appanage ,
Ni l'or, ni la Victoire amante du carnage
Que les fils d'Apollon s'empreſſent d'obtenir ;
L'héritage ſacré des Nymphes de Mémoire ,
    C'eſt un nom que la Gloire
Sur des aîles de feu porte au ſombre avenir.

Ce nom qui, s'échappant des murs de Thebe
          en cendre,
A l'ombre de Pindare asservit Alexandre,
Et dompta les fureurs de ce jeune Lion;
Ce nom qui fit couler des larmes généreuses, *
          Et de gloire amoureuses,
Qui n'envioient qu'Homere au Vainqueur d'Ilion,

Ah! bravant les fureurs de la Parque trompée,
Si de leur sang divin quelque goutte échappée
Animoit un mortel & vivoit parmi nous!
S'il rappelloit encor leurs augustes images,
          Il verroit nos hommages.
Nos respects, nos trésors en foule à ses genoux.

---

* On sçait qu'Alexandre pleura sur le tombeau d'A-
chille, de n'avoir pas, comme ce Héros, un Homere pour
le chanter.

S'il étoit un Mortel qui du nom de Voltaire
Portât chez nos Neveux l'honneur héréditaire,
Ce nom seroit alors son immortel appui.
Et Mérope & Brutus, Sémiramis, Alzire,
    Et la tendre Zaïre,
Eleveroient leurs voix & parleroient pour lui.

EH ! cependant, aux yeux de sa Patrie entiere,
Du grand nom de Corneille une jeune Héritiere*
Voit couler dans l'oubli ses destins & ses pleurs !
Et d'un Astre d'airain l'inflexible vengeance
    Lui versant l'indigence,
Trempa ses jours amers dans l'urne des malheurs.

---

* Mademoiselle Corneille, âgée de 16 ans, est depuis quelques mois à l'Abbaye de Saint Antoine, où elle fait voir des sentimens au-dessus de sa fortune, & dignes de son nom.

Soûs le réduit facré du folitaire afylè,
Où languit fa mifere, où fon deftin l'exile,
La fierté d'un grand nom rend fes maux plus
    preffans ;
Et de triftes cyprès cette rofe ombragée,
    Par les vents outragée,
Implore en vain des Cieux les rayons careffans.

C'est-là que chaque jour fa douleur femble éclore
Et mêle en s'éveillant aux larmes de l'Aurore
Ces nuages de pleurs dont fes yeux font couverts :
C'eft-là qu'au fein des nuits, fous leurs ombres
    muettes
    Ses larmes inquietes
Dans l'obfcur avenir vont chercher des revers.

Une nuit, qu'elle cede à fa douleur profonde,
Levant au Ciel des yeux que l'amertume inonde,
Elle exhale en ces mots fa plainte & fes regrets :
Manes d'un demi-Dieu que le Parnaffe adore,
    Chere Ombre que j'implore,
Sufpends de mes ennuis les funeftes progrès.

HELAS ! fi jufqu'à toi mes pleurs ont pu
        defcendre !
CORNEILLE ! fi mes cris ont éveillé ta cendre !
Venge l'éclat d'un nom par toi-même anobli.
Que dis-tu, quand tu vois le Rejetton fidele
        D'une tige immortelle
Languir dans les horreurs d'un indigent oubli ?

FIER du Nom que je porte, & du fang qui
        l'anime,
Mon cœur s'étoit flatté de l'efpoir magnanime
Que ton Génie encor veilloit fur tes Neveux ;
Combien doivent frémir & ton ombre & tes
        mânes,
        Quand des revers profanes,
Au mépris de ta gloire, ofent tromper mes vœux.

AINSI de tes lauriers les promeffes font vaines !
Et ton fang généreux coulera dans mes veines,
Pour fe voir infulté des Deftins ennemis !
Les fecours dédaigneux, l'indigence tremblante,
        Et la honte accablante,
Voilà donc les honneurs à ta Race promis !

Quoi ! des fils de Plutus la barbare induſtrie
Boit dans des coupes d'or les pleurs de la Patrie !
Quoi ! leur faſte inſolent fatigue nos lambris !
Et de nos demi-Dieux la Race dédaignée,
    Dans ſes larmes baignée,
Traîne d'un nom fameux les ſtériles débris *.

IROIS-JE, irois-je, hélas ! promenant mes allarmes,
Et déployant en vain un ſpectacle de larmes,
Tenter des yeux ingrats & de luxe enyvrés ?
Et peut-être cès murs que ma douleur embraſſe,
    Laſſés de ma diſgrace,
Me fermeront un jour leurs aſyles ſacrés.

---

* L'Etat devroit ſe faire un honneur, & même un devoir, de ſecourir les Familles des Grands Hommes qui l'ont illuſtré ; il n'auroit pas à craindre que le nombre lui en devînt un jour trop à charge. Un grand Prince (M. le Duc d'Orléans) ſur le nom ſeul de la Fontaine, s'informa s'il n'exiſtoit pas encore quelques-uns de ſes Deſcendans, & ſurprit de ſes bien-faits les Nieces de ce Grand Homme. De pareils traits ſont bien rares.

O Nuit,

O Nuit ! couvre à jamais de tes pâles ténebres
Et mes yeux, & mes pleurs & mes deftins funebres :
O Mort ! dénoue enfin ces tiffus de douleurs.
N'attends pas que la honte ait fouillé ta victime,
      Et referme l'abîme
Du finiftre avenir où s'égarent mes pleurs.

LE s pleurs coupent fa voix..... ô furprife ! ô
    merveille !
Dans fa retraite obfcure un doux éclat s'éveille,
Son lit paroît flotter dans l'azur radieux ;
Ses regards éperdus nagent dans la lumiere,
      Une Ombre augufte & fiere
Dévoile avec fplendeur tout CORNEILLE à fes yeux.

Q U O I ! ma fille, tes pleurs foupçonnent ma
    tendreffe !
Ah ! fans doute, les vœux que ta plainte m'adreffe,
Ont traverfé l'Erebe & fes profondes nuits.
Dans les champs du bonheur, à ta voix défolée,
      Mon Ombre s'eft troublée,
Et mes lauriers émus ont pleuré tes ennuis.

B

T a sublime douleur m'intéresse & me flatte ;
Aux mains avec le Sort, ton Ame entiere éclate ;
Je reconnois mon sang à ta mâlefierté.
Telle sous les revers l'ame de Cornelie,
      Loin d'en être avilie,
Fait pâlir d'un coup d'œil le Sort déconcerté.

J e u n e & timide espoir d'une illustre Famille ;
Mes yeux veillent sur toi ; n'en doute point, ma Fille.
De tes nobles destins respire la grandeur.
Permets un calme heureux à ton ame allarmée,
      Et vois ma Renommée
Qui déjà sur tes pas fait briller sa splendeur.

L a suprême vertu n'est jamais chancelante ;
Le glaive des tyrans, la foudre étincelante
Pourroit l'anéantir, & non pas la troubler :
Rassure-toi, je laisse à ta vertu rigide
      Ma gloire pour Egide ;
Couverte de mon nom, qui pourroit t'accabler ?

SI le nom de CORNEILLE eſt ton ſeul héritage,
Ma fille, ce n'eſt pas un ſtérile partage.
Si les Dieux le peſoient dans leurs balances d'or,
Dûſſent-ils oppoſer l'Empire & la victoire,
      Ce nom chargé de gloire
Entraînera les Dieux & l'avenir encor.

§

L'HONNEUR fut ma richeſſe, & l'urne d'Hip-
      pocrène
Roule loin du Potoſe une indigente arène.
Jamais l'or ne germa ſous nos lauriers touffus.
Ah ! dérobe ta gloire aux offres dédaigneuſes,
      Aux faveurs ſoupçonneuſes
De cet or plus honteux même que les refus.

§

GARDE-TOI d'abaiſſer ta ſublime infortune,
Juſqu'à ces vils mortels dont la foule importune
Viendroit ſur tes débris élever leurs deſtins ;
Reptiles inſolens dont la profane audace
      Serpente & s'entrelace
Dans les débris épars de nos Temples divins.

§

SOUFFRIR que de mon Sang leur race soit amie,
Ah ! c'est associer la gloire à l'infamie !
C'est attacher la Mort à l'immortalité !
Et ce n'est pas sans doute à d'obscurs Téméraires,
      Avortons Littéraires,
D'envier cet honneur à la Divinité.

A d'injustes revers oppose ton courage,
Sur les destins confus rejette leur outrage,
Fais rougir à la fois ta Patrie & les Dieux.
Tyran des foibles cœurs, la Fortune est esclave
      De quiconque la brave,
Et sa défaite éleve un mortel dans les Cieux.

CROIS-MOI, cette Déesse est insolente ou vile,
Et se plaît à fouler une tête servile,
Lorsque devant son char nous-mêmes la courbons ;
Si ton nom fut le mien, & si mon sang t'anime,
      Leve un front magnanime,
Ma Gloire peut marcher rivale des Bourbons.

Seroit-il un Héros, digne en effet de l'être,
Qui n'enviât ce nom plus qu'un Thrône peut-être !
O ma Fille ! ta dot eſt l'immortalité.
Et je laiſſe à ton ſort, que mon deſtin protege,

    Mes Lauriers pour cortége ;
Leur ombre ſert d'aſyle à ma Poſtérité.

Connois-tu tes Ayeux ? C'eſt cette foule illuſtre
De Héros qui me doit & ſa vie & ſon luſtre.
Je ranimai leur cendre au feu de mes crayons ;
Le Cid, Héraclius, Cinna, Pompée, Horace,

    Demi-dieux de ma Race,
T'ouvrent déjà leurs bras, te prêtent leurs rayons.

Dans la France déjà la voix de Rodogune *
A conté tes malheurs, a vengé ta fortune ;

* Les Comédiens eurent la genéroſité de donner une re-
préſentation de Rodogune en faveur des héritiers du nom
de Corneille. Le Public y courut en foule, & ce qu'on ne
peut trop eſtimer dans le Neveu de ce Grand Homme,
c'eſt l'emploi qu'il a fait du produit de cette Piece, qu'il a
conſacré entierement à faire honneur aux dettes contrac-
tées pour le ſoutien de ſa Famille, à commencer l'éducation d'une fille qui en mérite, à lui donner des maîtres &
à payer les premiers mois de ſa penſion au Couvent.

Jour tiſſu de lauriers dont mon cœur eſt jaloux !
Tes yeux, tes yeux ont vu quels hommages ſans
      nombre
         Accueillirent mon Ombre,
Quand elle vint jouir d'un triomphe ſi doux.

    D u fond de l'Elyſée accourant ſur la ſcène,
Je me croyois encore aux jours où Melpomène
Vit par mes ſoins heureux ſon deſtin ſecondé ;
Quand tout un Peuple, amant des tragiques allar-
      mes,
        M'applaudit par ſes larmes,
Quand je mettois en pleurs & Turenne & Condé.

    S i de mes vieux Héros les généreux Organes,
Dans le ſang de Corneille ont honoré ſes mânes ?
Ah ! pour venger ſes droits noblement uſurpés,
Dis, que ne fera point un Rival qui l'imite,
      Une Ame ſans limite,
Qui franchit d'Hélicon tous les bords eſcarpés.

VULGAIRE couronné, que de Monarques même
Seroient trop au-deſſous de cet honneur ſuprême !
Connoiſſent-ils le prix des ſublimes travaux ?
Il eſt, il eſt des cœurs qu'enflamme le génie ;
   Ces enfans d'Uranie.
Doivent ſeuls protéger les fils de leurs rivaux.

***

UN rival de mon nom (ſi quelqu'un le peut être)
Vöilà le Protecteur que tu dois reconnoître ;
Tu peux en l'implorant l'élever juſqu'à toi.
VOLTAIRE eſt ce rival, du moins ſi j'oſe en croire
   Les récits que la Glöire
Sur la rive des Morts en ſema juſqu'à moi.

***

RACINE en fut jaloux ; mes hautes deſtinées
A peine raſſûroient mes palmes étonnées ;
Le Taſſe en rougiſſant applaudit ſon vainqueur.
J'entendis les ſoupirs de Sophocle & d'Eſchile,
   Et même aux yeux d'Achille
Henri d'un autre Homere a flatté ſon grand cœur.

***

C'est peu qu'en ses Ecrits l'humanité l'inspire,
La tendre humanité dans son ame respire;
Elle ouvre aux malheureux & son cœur & sa main.
Souvent avec ses pleurs son or même s'écoule,
Et ses bienfaits en foule
De l'aride infortune ont arrosé le sein.

Que la Gloire les vante, & que ses mains fidéles
Consacrant des bienfaits ces augustes modeles,
Les grave sur le front du Palais de Plutus ;
Que de la bienfaisance il devienne le Temple,
Où l'Univers contemple
Cet incroyable hymen de l'Or & des Vertus.

Périssent les Trésors ! périsse le Barbare,
Qui de son or jaloux ferme la source avare,
Pour y désaltérer ses regards clandestins !
Des trésors si vantés l'usage salutaire,
C'est d'être Tributaire
Du Mérite indigent qu'ont trahi les Destins.

BIENFAISANCE fublime, ô Déeffe adorée !
Toujours à tes regards l'Infortune eft facrée !
Un grand cœur s'enrichit des préfens qu'il a faits.
Qu'il eft beau d'accueillir la vertu malheureufe !
　　Une Ame généreufe
Enchaîne tous les cœurs par le nœud des bienfaits.

MA Fille, fi mon ombre au fein de l'Elifée,
Par ces récits heureux ne fut point abufée,
Il eft digne en effet de venger tes malheurs ;
Tes malheurs & ton nom, quels titres plus auguftes !
　　Quels arbitres plus juftes,
Entre le Sort & Toi, que fa gloire & tes pleurs ?

DIS lui que fi Mérope eût devancé Chimene,
De fon cahos obfcur dégageant Melpomene,
Sans doute il eût brillé de l'éclat dont j'ai lui ;
S'il eût été CORNEILLE, & fi j'étois VOLTAIRE,
　　Généreux adverfaire,
Ce qu'il fera pour toi, je l'euffe fait pour lui.

F I N.

LETTRE

DE MONSIEUR

DE VOLTAIRE

A MONSIEUR

LEBRUN,

Secrétaire des Commandemens de S. A. S.
M. le Prince de Conti.

Au Château de Ferney, pays de Gex,
par Geneve, 5 Novembre 1760.

JE vous ferais , Monsieur , attendre ma réponse quatre mois au moins , si je prétendais la faire en aussi beaux vers que les vôtres. Il faut me borner à vous dire en prose combien j'aime votre Ode & votre proposition. Il convient assez qu'un vieux soldat du grand Corneille tâche d'être utile à la petite - fille de son Général.

Quand on bâtit des Châteaux & des Egli-
fes, & qu'on a des parens pauvres à foute-
nir, il ne refte gueres de quoi faire ce
qu'on voudrait pour une perfonne qui
ne doit être fecourue que par les plus
Grands du Royaume.

Je fuis vieux, j'ai une niece qui aime
tous les arts & qui réuffit dans quelques-uns ; fi la perfonne dont vous me
parlez, & que vous connaiffez fans doute,
voulait accepter auprès de ma niece l'é-
ducation la plus honnête, elle en aurait foin comme de fa fille : je cherche-
rais à lui fervir de pere. Le fien n'aurait abfolument rien à dépenfer pour elle.
On lui payerait fon voyage jufqu'à Lyon.
Elle ferait adreffée à Lyon à Monfieur
Tronchin, qui lui fournirait une voiture
jufqu'à mon Château, ou bien une femme
irait la prendre dans mon équipage. Si
cela convient, je fuis à fes ordres, & j'ef-
pere avoir à vous remercier jufqu'au der-

nier jour de ma vie de m'avoir procuré l'honneur de faire ce que devait faire **M.** de Fontenelle. Une partie de l'éducation de cette Demoiselle ferait de nous voir jouer quelquefois les Pieces de fon grand-pere, & nous lui ferions broder les fujets de Cinna & du Cid.

J'ai l'honneur d'être, avec toute l'eftime & tous les fentimens que je vous dois,

MONSIEUR,

> Votre très-humble &
> très-obéiffant fervi-
> teur, VOLTAIRE.

REPONSE

DE MONSIEUR

LE BRUN.

A Paris ce 12 Novembre 1760.

JE n'accepte, Monſieur, les éloges flat-
teurs que vous donnez à mes vers, que
pour les rendre à la nobleſſe de votre procédé ; voilà ce qui mérite uniquement
d'être loué. Vous goûtez ce bonheur ſi
méconnu, ſi pur de faire des heureux. Je
m'attendois à votre réponſe, elle n'éton-
nera que l'Envie. J'ai couru la lire à Ma-
demoiſelle Corneille ; elle en a verſé des
larmes de joie ; elle vous appelle déjà ſon
bienfaiĉteur & ſon pere. Elle promet à vos
bontés, à celles de Madame votre niece,
une éternelle reconnoiſſance , & je n'ai

point de termes pour vous exprimer celle d'une Famille que vous foulagez.

Pour moi je m'eftime trop heureux d'avoir pu fervir à la fois & votre gloire & le nom de Corneille. Vous l'appellez modeftement votre Général, mais il vous eût dit : *De pareils Lieutenans n'ont de Chefs qu'en idée. Sertorius.* Vous avez fait, Monfieur, ce que Fontenelle n'a point fait, & ce que peut-être il n'a point dû faire, parce que le Bel Efprit écarte de la nature, & que le Gènie en rapproche ; vous avez fait plus que les Grands & les Rois, *ces illuftres Ingrats*, parce que l'élévation du rang ne décide point de la grandeur d'ame. Vous avez fenti qu'il y aurait une efpece de honte à des Français de laiffer dans l'oubli & dans la mifere le nom d'un Grand Homme qui a fi bien mérité de la Patrie. Vous donnez à tous les hommes, à tous les fiecles, un modele & des leçons d'humanité. Vous leur apprenez quels font les droits & les devoirs du Génie,

Un procédé fi généreux a fait ici la fenfa-
tion la plus vive ; chacun eft jaloux de lire
votre Lettre. On la regarde comme un
monument public de bienfaifance. On ré-
pete ces mots , *je chercherois à lui fervir
de pere.* Tous ceux qui chériffent la mémoire du Grand Corneille , femblent par-
tager votre bienfait avec fa famille. On
le trouve digne de vous , digne du Peintre d'Alvarès. On éleve votre cœur , votre génie , votre gloire ; l'admiration refte
fufpendue entre vos Ecrits & cette géné-
rofité. Elle vous concilie tous les fuffrages ,
& j'ofe dire que vous jouiffez de la recon-
noiffance publique.

J'ai l'honneur d'être avec un nouveau
fujet d'eftime & d'admiration ,

MONSIEUR,

Votre très - humble & très-
obéiffant ferviteur, LE BRUN.

9 782019 184599